成长不易

【法】吉普 ◎ 著 ／ 艾迪斯·香彭 ◎ 绘

梅思繁 ◎ 译

浙江人民美术出版社

译者前言
Preface / 梅思繁

成长的美丽与澎湃

这是一套向即将走入，或者已经走入青春岁月的年轻生命们，讲述关于成长中的万千情感，各种疑惑，生命和社会的难解命题的丰富小书。这同时也是一套所有的成年人也许都应该拿起来读一读的有趣作品。它会让已经远离青春岁月的成年人，重新记得这段人生中的特殊时光。它更会令成年人懂得青春期的复杂与不易，让他们更好地陪伴在孩子们的身边，度过这段既美好又时常充满动荡与变换的时期。

主人公索尼娅是个11岁多的女孩。她聪慧、敏感，喜欢新鲜事物，充满着生命力。父母的离异带给这个刚刚告别童年的女孩，对成人世界的各种不解，以及印在她心中的深深的伤痛与失落。家庭与父母给予她的在童年时的支撑与力量，随着父母的分离，瞬间消失了。她又恰恰在此时，走入了青春期——一个自我意识与身份在这一时期开始逐渐形成的，生命中尤为重要的阶段。

跟随着索尼娅的校园生活，我们会看到，索尼娅和她的同伴们作为当今法国乃至整个西方社会的青少年，他们看待世界与社会的眼光；他们对独立的自我身份与话语权的要求；他们在情感上的诉求；他们对大量传统观念和事物的反叛，以及对新生的电子与科技社会的追随和融入。

这套书的两位作者，用最贴近现实的图画和语言，刻画了法国青少年的生存状态与面目。在这种毫无掩饰的真实讲述里，有一些话题也许会让我们的中文读者（尤其是成年人）觉得不那么自在。比如故事里涉及的青春期的两性情感问题，比如这些孩子对电子游戏与其他电子产品的沉迷，比如他们对传统文学的陌生，对嘻哈音乐的狂热……

我非常理解，我们的成年读者在读到这样的情节时，刚开始的时候会产生一些不首肯和淡淡的反对情绪。我作为一个在法国社会生活了十多年的成年人，我同样有着对于"索尼娅"们的态度和行为，有我的不认同和保留。但是当我仔细地观察一下我身边的"索尼娅"和"艾罗迪"，我不得不承认，两位作者在这套书里的刻画是无比真实与形象的。

我猜想，作者秉承这样坦诚的创作态度，是为了让青少年读者在这套书里找寻到他们对主人公的认同感。每一个青春期的孩子都会在这套丰富的作品里，读到自己的影子。这些主人公的快乐与烦恼，也是天下所有青春期的孩子们在经历着的丰富情感。作者的毫无隐藏，更是为了让所有的成年人，放下我们对青春期的各种偏见，用专注与理解的眼神去读懂青春期的孩子们的情感、诉求和对社会与成年人的期待。

索尼娅和她的同伴们，有着青春期群体的任性妄为、自以为是等缺点。但是他们同时拥有蓬勃的生命力、创造力，和勇于打破不公平的社会秩序，为那些少数以及弱小群体呐喊、争取权力的大胆和真诚。他们生在一个高科技和电子化的时代，自然而然地，对于传统社会的价值观念、生活方式甚至娱乐方式，他们都是不了解并有点嗤之以鼻的。但是一旦当他们读到雨果的诗歌，当他们亲身感受到田园生活的美好，他们有一颗比成年人柔软得多的心灵，会毫不犹豫地接受并且拥抱传统。

当我们读完索尼娅和她的同伴们的故事，我们会发现，这些看似离经叛道的年轻生命，其实与任何一个时代的青春期孩子都是一样的。他们以他们的方式，在寻找着属于自我的独立身份与人生轨迹。一切的反叛也好，惊世骇俗也好，绝不是他们的终极目的，而只是他们在面对成长中的巨大转型时的某种难言的不知所措。这些时常宣称自己已经非常独立的"索尼娅"们，在这个生命阶段，内心所寻求的恰恰是成年人与传统价值的智慧的理解与引领。

我相信，我们的青春期的少年们，在读完这套精彩出色的作品以后，会不由自主地偷笑起来。他们在这些故事里读到了他们的日常生活、内心隐秘、欢乐与悲伤，他们更会在这些故事里找到很多困扰他们已久的各种人生与社会问题的答案。

我也相信，我们的成年人们，在读完索尼娅和她同伴们的故事以后，会用一种全新的眼光来看待他们身边正在经历着青春期的孩子们。他们会智慧地站在孩子们的身边，让他们的成长之路走得更加美好、有力、蓬勃。

索尼娅

11岁半，一个被父母离异深深影响的女孩。她慷慨、敏感，时刻准备着帮助朋友们。她十分依恋她的老鼠——小蚊子。

小蚊子

可爱的白色小老鼠。他懂得如何保持干净，最讨厌人家在他脑袋上弄个红色的鸡冠。

艾罗迪

快12岁的她已经几乎有一个年轻女性的身体了。处于青春期危机的她，不知该如何吸引鼻子上长着三粒痘痘的阿德里耶。

艾罗比

"黑乌鸦"版本的艾罗迪……两人同龄，但是艾罗比是"哥特风"的。她说话总是咬牙切齿没好气地，性格多疑，喜欢和穿黑衣服的女孩们以及蜘蛛交往。

放假结束后，学校里总是保持着同样的"传统"：女孩子们聚集在学校的操场上，一个个小心仔细地观察着，看看大家各自有什么变化。接着，各种各样的评论接踵而来……

但是这天有个人大家几乎都认不出她了。

我说艾罗迪……

你的脸简直像被重新画了一遍！

艾罗迪的脸上裹着厚厚的粉底，她看起来像个神秘的日本艺妓。

就连她脸上的雀斑都不见了……

别提了……

我长了好多痘痘！

艾罗迪是夸大其词了，她的脸上不过长了几颗痘痘而已。可是当她在走廊上遇见阿德里耶的时候，她立即把衣服上的帽子盖到了脑袋上……

你们看见的压根不是我！

放学以后，她可绝对不愿意在学校里闲逛，直接回家去了。

而且，她的烦恼还不止这些……

晚上一个人在房间里的时候，艾罗迪觉得她的胸部好像变大了……

我不相信！

快12岁的艾罗迪发现，她的身体好像也正在经历着一场革命。而妈妈说，这一切不过才刚刚开始呢。

看来果真如此！

索尼娅还没有类似的问题，革命更多地发生在她的脑袋里。这段时间以来，她忙着化妆，跟妈妈顶嘴，整晚地对着她的手机……

这会儿她正抱着老鼠睡觉呢！

早上醒来的时候，妈妈总是说：

跟个绒线球一样！！

索尼娅每两个周末要去爸爸家里一次。

一路上他们讨论着成绩单、那些小男朋友、到处拉屎的老鼠……

当然这些都是妈妈早就告诉爸爸的……

索尼娅不喜欢人家说小蚊子的坏话。她觉得她的老鼠聪明、干净、有趣，还感情丰富。

她把鼻子贴在车窗上，想起她把小蚊子买回来的那天……

那已经是快一年前的事情了。走过一家宠物商店前，索尼娅注意到了一只白色的小老鼠。

它居然站了起来，好像在向她示意……

请你收养
我吧！！

索尼娅没
能抵挡住他的
呼唤。

妈妈看见索尼娅的肩膀上
斜着个动物的时候，做出了一
个奇怪的表情。

这是个什么
东西？！

我的新宝
贝……

然后，索尼娅把小蚊子放进一个笼子里。

她给他弄了个水瓶、摇床和一把梯子。因为他老喜欢咬她的手指，于是她叫他"小蚊子"……

小蚊子！

咔咔！

学校里，艾罗迪的情况可不见
得好转，男生们管她叫……

她总是心情不好，就连最和善的卡索贝都
没办法安慰她了。

有些事情是很难和朋友们分享的。艾罗迪浑身疼，肚子、胸脯……
而且她总觉得所有人都在嘲笑她。

下课后，她一个人走开了。头上带着耳机，音乐开得老大声……

一个有着成年人烦恼的孩子……

一个人躺在月光下……

到了吃午餐的时间，女孩子们急着往最好的座位跑。艾罗迪恰好坐在了阿德里耶边上。

她心想，只能求老天保佑让她脸上的痘痘消失了。
她想到黑色的鼻涕虫、蜗牛的口水……

艾罗迪闭上眼睛，她觉得她的脸开始肿得跟个西瓜一样，她不能继续呼吸了，她也不叫艾罗迪了。反正她生下来就又聋又哑……

这问题立马让艾罗迪生气了。

这段时间，任何一点点隐晦的问题或带有嘲笑意味的微笑都会让她爆炸。

一个星期之后，艾罗迪穿着黑色带褶皱的裙子出现在了学校。她不要大家再用她以前的名字来喊她，那个时代结束了！她扎了两个高高的辫子，把头发染成黑色，看起来像是《重返犯罪现场》里的主角艾比。

那你希望我们怎么喊你？

艾罗比。

你发神经了吧？！

艾罗迪扮演乖女孩已经扮演得够久了。

童年对她来说结束了。索尼娅、玛戈、卡索比这些人对她来说，都还只是小孩子。

她得重建自我，找到新的风格。

这正是尝试的好时机……

你把小蚊子借给我？

如果你愿意的话……

这还是索尼娅第一次和她的宠物老鼠分开。

她把手放在小蚊子的头上，轻轻抚摸着他的毛。

别害怕，我把你交到可信任的人的手里去。

我只要求你一件事情……

对我的朋友和善些，别把她的家弄得乱七八糟的，别在她的床上拉屎。

小蚊子听话地走进他的笼子。坐在索尼娅的自行车后面，他跟着她一起穿越了城市，向街上的车辆与行人问好。他即将抵达目的地，去执行他的任务。

他很有信心。如果他能说话的话，你们会听到他在喊：

得拯救艾罗迪！

妈妈对小蚊子不在家里这情形挺高兴的。

可是，家里越来越空了。
小蚊子帮助索尼娅度过了很多艰难的时光，父母分离、心里的忧伤……

还是不要回答妈妈说的那些话了。

索尼娅坐在床上，她把自己旧旧的娃娃抱在怀里。

向着她力所能及的地方走去，而有的时候她走向的地方是空荡荡的。

这太难了……

小老鼠离开家已经一个星期了，索尼娅都不敢问艾罗迪小蚊子的近况。
这天下午，她和卡索比一起出门散步。

两个好朋友胡乱逛了好一会儿，走了不少路。

突然，索尼娅认出了斜在一个"哥特风"女孩肩膀上的小蚊子。

可怜的老鼠一脸皱皱的，他的脑袋上被弄上了一个红色的鸡冠。

艾罗迪就在那里，她的身边尽是些奇怪的女孩。她们有的脖子上戴着狗的项圈，有的手臂上画着蜘蛛网。

可不能随便惹她们！

我只要小老鼠！

我们可以把蜘蛛留给你们。

艾罗迪什么都没有说，她缩在角落里。

卡索比把小蚊子拿回来的时候，索尼娅试图说服她的朋友。

小蚊子回到家里高兴极了，他好像是从很远的地方回来一样。

不过，妈妈可不太高兴。

当索尼娅给他洗澡的时候，妈妈还抚摸着他的下巴。这可是第一次！

你明明知道他喜欢你。

是吗？

就像爸爸一样……

好几个星期过去了。

艾罗迪又恢复了她和善女孩的面目。

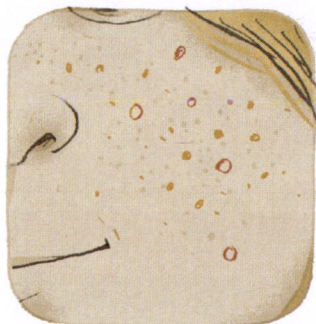

她去看了皮肤科医生，痘痘在她的雀斑里变得不那么明显了。

至于剩下的，妈妈都向她解释了……

从学校出来，两个好朋友手拉着手。

新的生活开始了。而且，艾罗迪第二天和阿德里耶有个约会……

走到一个公园前，女孩们停下来看那些正在玩耍的孩子们。
她们记得曾经无忧无虑的岁月……

不久之前，她们放了学就去那里玩。妈妈们聊着天，她们总能吃到好吃的点心。

你在想
什么？

跟你一
样……

阿德里耶

五年级6班。他对女孩子们实在不太了解，他同意和艾罗迪约会，前提是她不把他当大傻瓜。

卡索比

11岁出头。她有点傻傻的，但是内心十分善良。还是小女孩的模样：大眼镜、戴着牙齿矫正器，暂时还没有喜欢的人。

妈妈

36岁的离婚妈妈。她不喜欢到处拉屎的老鼠，她尽自己的能力照顾着索尼娅。

爸爸

总是不停地在抱怨。每半个月和索尼娅见一面，不过他依然是爸爸。

献给所有

即将进入青春期的孩子们

合同登记号：

图字：11-2018-14号

图书在版编目（CIP）数据

成长不易 成长的烦恼 /(法) 吉普著 ;(法) 艾迪斯·香彭绘 ; 梅思繁译. -- 杭州 : 浙江人民美术出版社, 2019.1

ISBN 978-7-5340-7275-8

Ⅰ.①成… Ⅱ.①吉… ②艾… ③梅… Ⅲ.①儿童故事—图画故事—法国—现代 Ⅳ.①I565.85

中国版本图书馆CIP数据核字(2019)第010427号

责任编辑： 张嘉杭
责任校对： 黄　静
责任印制： 陈柏荣

成 长 不 易

［法］吉普　著／艾迪斯·香彭　绘

梅思繁　译

出版发行：浙江人民美术出版社
　　　　　（杭州市体育场路347号）
网　　址：http://mss.zjcb.com
经　　销：全国各地新华书店
制　　版：杭州真凯文化艺术有限公司
印　　刷：浙江新华数码印务有限公司
版　　次：2019年1月第1版·第1次印刷
开　　本：710mm×1000mm　1/16
印　　张：2.5
字　　数：10千字
书　　号：ISBN 978-7-5340-7275-8
定　　价：20.00元